Haïkus français/japonais

Atmosphère
空 気

野頭 泰史

東京図書出版

SOMMAIRE

- 2   Qu'est-ce que la réalité ?, par Alain Kervern
- 7   Printemps
- 43   Été
- 75   Automne
- 95   Hiver
- 116   Notes
- 118   Écrire des HAIKUS en français
- 124   Postface

Épigraphe・Broderie：Yasuko Abe（題字・刺繡：安部恭子）
Photographie：Takeshi Fujimori（写真：藤森武）

Qu'est-ce que la réalité ?

Peu de genres poétiques ont suscité autant de questions que le haïku, et notamment celle-ci, à laquelle de nombreux poètes et artistes ont tenté de répondre : « quelle part de la réalité le haïku peut-il appréhender et restituer ? ». Tout au long d'une histoire déjà longue dans son pays d'origine, le haïku a tenté de répondre à cette question par de nombreuses expérimentations, en particulier durant le siècle qui vient de s'écouler, et qui fut riche en innovations de toutes sortes. Et puis, le haïku japonais ayant acquis en quelques décennies une stature internationale, l'aventure de ce poème court s'est élargie rapidement au monde entier.

C'est dans cette logique mondiale que se place la démarche du poète Yasushi Nozu. Ce recueil bilingue de haïkus japonais/français révèle les nombreuses possibilités qu'offre une lecture en deux langues de la même réalité. De ce genre poétique elliptique concentré en quelques mots, voici qu'émerge progressivement, telle une grammaire double nourrie de surréalisme, un outil d'exploration de nos facultés à percevoir l'univers qui nous entoure. Ici prévalent le choc de réalités différentes, l'émotion saisonnière, l'attention portée aux infimes réalités du quotidien, aux pulsions fugitives de l'instant qui passe, l'art d'être disponible sans se laisser distraire par ce qui dans notre vie est inutile et vain. C'est à une véritable ascèse linguistique et psychologique que nous convie Yasushi Nozu.

Le poète interroge la réalité à l'aulne du monde entier, que ce soit en Europe, au Japon ou ailleurs. Dans ce recueil, il nous transmet les rythmes de la vie, sa vie, mettant en perspective l'apparence de réalités éloignées les unes des autres. Il a le talent de savoir mettre en perspective dans chaque haïku des forces dispersées qu'il rassemble en un souffle nouveau.

La lecture de ces haïkus peut-elle nous convaincre que le langage participe de la logique du monde réel ?

Le grand philosophe chinois Tchouang-tseu (370-287 BC) avait beaucoup réfléchi à ce problème : « Quand on perçoit, on ne parle pas ; quand on parle, on ne perçoit pas » disait-il. Si le haïku met en évidence la dépendance des mots à l'égard des logiques de situation, ce poème court s'attache aussi à révéler la réalité de façon la plus concrète possible, c'est à dire la réalité telle que nous la percevons dans l'instant, parfois même jusque dans son caractère absurde ou indicible. J'ai trouvé dans les haïkus de Yasushi Nozu, au-delà de la déconstruction d'un certain conformisme de notre perception commune, une profondeur d'investigation doublée d'un dépouillement rappelant quelquefois certains poètes comme Ozaki Hōsaï.

À lecture de ces haïkus bilingues, j'ai découvert enfin que de manière efficace et précise, la technique de ce poème court met d'abord en évidence le pouvoir créateur des mots, dont il faut savoir tirer parti pour révéler de nouveaux mondes. N'est-ce pas l'essentiel en poésie ?

Alain Kervern

現実とは何か

　詩は、俳句ほど疑問が持ち上がることは少ない。取り分け、多くの詩人や芸術家が答えを出そうと試みてきた「現実をどう捉え、どう表すか」という問い掛けにおいては。この答えを出すために、俳句の母国日本では、長い間、多くの試みがなされ、特にこの百年余りは、あらゆる種類の改革が行われた。また、俳句は、ここ数十年、国際的な地位を獲得し、短詩としてのその挑戦は急速に世界中へ広がっている。

　詩人野頭泰史の試みは、こうした状況にあって、当然な成り行きである。日本語とフランス語による句集は、同じ現実を、二つの言語で一つの作品にしてみせたことにより、多くの可能性を明らかにしてくれた。幾つかの言葉に濃縮された彼の省略の詩は、シュールレアリスム（超現実主義）の豊かさを兼ね備えた文法のようで、取り巻く世界を感知する手立てが徐々に明らかにされる。そこには、異なる事実の衝突、季節ごとの感動、過ぎ去る一瞬のはかない心の動きや日常の些細な出来事への詩的関心、人生において無益、無駄とも思えることであっても、それを楽しむ自由奔放な芸術がある。野頭泰史は、心理的かつ言葉による真の意味での苦行に私達を誘い込む。

　詩人は、ヨーロッパであれ、日本や何処であれ、それぞれの世界の光の中に現実とは何かを問い掛ける。彼はこの句集で、異なる実体を多面的かつ相対的に捉えることによって、彼の生活や人生のテンポを伝える。分散している実体を新しいひらめきでもって纏め、相対的に捉える才能をその俳句の中で示した。

　　　　彼の俳句によって、言葉が現実の世界の論理に関与することを、私達は納得させられないだろうか。
　中国の偉大な思想家荘子（紀元前370－287年）は、この問題を深く考え、「気づいた時は語れない。語れる時は気づかない。」と言った。俳句は、言葉の因果関係でもって現実の世界の論理をはっきり表し、また短詩は、最も具象的な方法で現実を表すことができる。つまり、それこそが、私達が一瞬のうちに感知した現実に他ならない。それが、時に不条理で言語を絶するような言葉であっても…。私は野頭泰史の俳句に、共通認識というある種の順応主義を破壊した先に、尾崎放哉のような詩人にしばしば見られる飾り気のなさに重なる探求の結果生まれた奥深さを見出す。
　二カ国語による俳句集によって、私は、新しい世界を切り拓くために知らなければならない言葉の創造性を、短詩のテクニックが明確かつ効果的にもたらすことを発見した。そして、新しい世界を切り拓くためには、言葉の創造性を高めることを理解しなければならない。言葉の創造性を高めること、それは、詩にとって最も本質的なことでしょう。

　　　　　　　　　　　　　　　　　　　　　　　　　　　アラン・ケルヴェルン
　　　　　　　　　　　　　　　　　　　　　　　　　　　　　　（野頭泰史訳）

Printemps

Ô Planète Bleue
Les vers à soie le fil
Tisse sans cesse

青き地球蚕は糸を吐きつづけ
Aokichikyuu Kaikohaitowo Hakitsuduke

Le son de la scie
C'est le printemps qui descend
De la montagne

チェーンソー山から春の下りて来し
Chēnsō Yamakaraharuno Oritekishi

Monsieur Copernic
Le crapaud se réveille
Tourne le pivot

コペルニクス蟇の軸足穴を出づ
Koperunikusu Hikinojikuashi Anawoidu

Mon voision Chilien
Est devenu Japonais ?
Réveil d'hibernation

地虫出づ隣人チリ人帰化したり
Jimushiidu Rinjinchirijin Kikashitari

La neige floconneuse
Les bambins la poursuivent
Les langues à l'affùt

綿雪を追つて園児の舌の先
Watayukiwo Otteenjino Shitanosaki

Les êtres vivants
Respirent sous la glace fine
Attendent l'aube

薄氷や生けるものみな息ひそめ
Usuraiya Ikerumonomina Ikihisome

Printemps tes rafales
Dans la poche de ma chemise
N'ont plus de place

春一番胸ポケットに入れきれず
Haruichiban Munepokettoni Irekirezu

Par temps nuageux
Humble je reçois l'eau chaude
Nirvana au temple

曇り日の白湯いただきし涅槃寺*
Kumoribino Sayuitadakishi Nehandera

Une allée d'un parc
À été piétinée dure
Ce février part

踏み固められし道あり二月尽
Fumikatamerareshimichiari Nigatsujin

Un cercle dans l'air
L'Orang-outang redessine
Quelle longue journée

オランウータン空に〇描く日永かな
[まる]
Oranūtan Soranimarukaku Hinagakana

Le langage des signes
Les formes toutes différentes
Des mains des Hinas*

手話語り形それぞれ雛の手
Shuwagatari Katachisorezore Hiinanote

La mer Méditerranée
La marée de printemps monte
Au niveau des yeux

春潮の目の高さまで地中海
Shunchouno Menotakasamade Chichuukai

Les ruelles moyenâgeuses
Où nous nous laissons perdre
Gainiers à Venise

中世の路地に迷へり紫荊
Chuuseino Rojinimayoheri Hanazuou

Le vent sur les premiers bourgeons
De partout les foules affluent
Vers le Vatican

バチカンへ人人人人木の芽風
Bachikanhe Hitohitohitohito Konomekaze

Les Londoniennes
Le regard droit devant elles
Magnolia violet

ロンドン子みな足早や紫木蓮
Rondonko Minaashibayaya Shimokuren

La montgolfière s'élève
Et les fleurs des tulipes s'ouvrent
Vers le ciel azur

チューリップ空へ空へと熱気球
Chūrippu Sorahesoraheto Netsukikyuu

Arrêtez le temps
Un pissenlit cotonneux
Entre mes deux mains

両の手の蒲公英の絮時止まれ
Ryounoteno Tanpoponowata Tokitomare

Lapé par mère
Il s'acharne et se relève
Un poulain est né

嘗められて大地踏んばる仔馬かな
Namerarete Daichifunbaru Koumakana

L'univers en expansion
Tourbillonne et gonfle dans
Une bulle de savon

膨張し渦巻く宇宙石鹸玉
Bouchoushi Uzumakuuchuu Shabondama

De la bicyclette
Regonfler les chambres à air
Nuages de printemps

自転車の空気を入れる春の雲
Jitenshano Kuukiwoireru Harunokumo

La fille à la balançoire
Le satellite tourne sans cesse
Autour de la Terre

ブランコや地球を周る宇宙船
Burankoya Chikyuuwomawaru Uchuusen

Cerisiers en fleur
Et pourtant la Mer la Mer
S'écrient les enfants

桜咲く海だ海だと子ら叫ぶ
Sakurasaku Umidaumidato Korasakebu

Les ramures du cerisier
Se courbent vers les vagues
Fleurissent-elles enfin

川波へ花迫りきて開きけり
Kawanamihe Hanasemarikite Hirakikeri

Prendre plaisir aux cerisiers
Les nuages comme les vaisseaux
S'approchent à pas lourds

軍艦のやうな雲来る花の山
Gunkanno Yaunakumokuru Hananoyama

Les cerisiers sont en fleur
Les enfants jouent à cache-cache
Se dispersent Court Court

花満開いつせいに散るかくれんぼ
Hanamankai Isseinichiru Kakurenbo

Courir les cerisiers
Au nord toujours plus au nord
Prendre l'ancienne ligne

桜咲く北へ北へと在来線*
Sakurasaku Kitahekitaheto Zairaisen

Un papillon blanc voltige
Au-dessus du dos grossier
Une vache laitière paît

乳牛の背中ごつごつ紋白蝶
Nyuugyuuno Senakagotsugotsu Monshirochou

Les pensées sauvages
Pierre Paul Jacques etc
Gardent le sourire

三色菫ピエールポルジャックの笑顔かな
Sanshokusumire Piēruporujakkuno Egaokana

En agitant le tonique
Les tonnerres printaniers
J'écoute gronder

トニックを振つて春雷聞いてをり
Tonikkuwo Futteshunrai Kiitewori

La corde de la chèvre
Continue de s'allonger
Un jour de printemps

山羊繋ぐ紐の伸びゆく春日かな
Yagitsunagu Himononobiyuku Haruhikana

Rêveries de printemps
La voix aigüe des parents
Dit mais réveille-toi

鋭角に父母の声春の夢
Eikakuni Chichihahanokoe Harunoyume

L'ascension du dragon
Elle élève les spaghettis
Avec sa fourchette

龍天*にフォークに絡めスパゲティ
Ryuutenni Fōkunikarame Supageti

Le frelon voltige
Le carillon d'une église
Résonnait au loin

熊ん蜂教会の鐘鳴りにけり
Kumanbachi Kyoukainokane Narinikeri

Dans la foule des passants
Je regrette le temps perdu
Le printemps s'enfuit

行く春やスクランブルの人の群
Yukuharuya Sukuranburuno Hitonomure

Été

L'été à Fukushima
Oiseaux bêtes arbres poissons
Eux n'ont pas pu fuir

　　原発事故
逃げられぬ鳥獣木魚夏に入る

　　Genpatsujiko
Nigerarenu Choujuumokugyo Natsuniiru

L'hirondelle d'été
Le matin arrive du ciel
Tout paré de bleu

夏燕朝は空から来りけり
Natsutsubame Asahasorakara Kitarikeri

Sous le vent parfumé
Les sentinelles paradent
Bras à angles droits

衛兵＊の腕直角に風薫る
Eiheino Udechokkakuni Kazekaoru

La rizière encore verte
Le vent se lève et dessine
Des formes éphémères

一瞬の流線形や青田風
Isshunno Ryuusenkeiya Aotakaze

L'éclipse annulaire
Les feuillages d'un musa
S'ouvrent doucement

金環食芭蕉は玉を解きにけり
Kinkanshoku Bashouhatamawo Tokinikeri

Les rossignols chantent
Il y a deux montagnes
Dans le pain anglais

食パン*に山二つある夏鶯

Shokupanni Yamafutatsuaru Natsuuguisu

Un arc-en-ciel disparait
Las hommes et femmes commencent à
Marcher de nouveau

虹消えてゆくとき人の歩き出す

Nijikiete Yukutokihitono Arukidasu

Passer une tenue légère
Abondamment je garnis
Un plat de yaourt

ヨーグルトたつぷり皿に更衣*
Yōguruto Tappurisarani Koromogae

Au mois de juin
Dans la jarre je verse l'eau
Telle un miroir

六月の鏡のごとき水を張る
Rokugatsuno Kagaminogotoki Mizuwoharu

Dans le foudre
La moisissure de sake
Légère et volante

ふうはり*と黴の生まるる樽の中
Fuuharito Kabinoumaruru Tarunonaka

La saison des pluies
Les pigeons dans une saillie
Brève mais brutale

梅雨の鳩交む刹那の荒々し
 Tsuyunohato Tsurumusetsunano Araarashi

Sur l'hortensia où
Passé Présent Avenir
Se sont déposés

紫陽花の咲いて現在過去未来
Ajisaino Saitegenzai Kakomirai

Les libellules
Nouvelles-nées regardent
Vers tous les cieux

蜻蛉生れそれぞれの宙ありにけり
Tonboare Sorezorenosora Arinikeri

La sphère céleste s'est brisée
Une coccinelle est montée
Sur le dos d'une autre

天球の割れて天道虫交る
Tenkyuunowarete Tentoumushisakaru

Rossignol âgé
Au barrage de Kurobé
Pris dans ses pensées

老鶯や黒四ダム*に肘をつく
Rououya Kuroyondamuni Hijiwotsuku

L'Apocalypse
La limace se hisse
Sur le mégalithe

黙示録巨石の上のなめくじり
Mokujiroku Kyosekinoueno Namekujiri

La liste des victimes
De la bombe atomique
Est séchée à l'ombre

原爆死没者名簿の曝書＊かな
Genbakushibotsushameibono Bakushokana

Vers la fourmilière
Une fourmi traîne un ami
Une grande sécheresse

蟻が蟻運んでゐたり夏旱
 Arigaari Hakondewitari Natsuhideri

Deux fourmis sortent
Une fourmi rebrousse chemin
D'une fourmilière

二匹出て一匹戻る蟻の穴
Nihikidete Ippikimodoru Arinoana

Le fourmilion
Regardé par le bambin
Regardé par qui

見つめゐて見つめられゐし蟻地獄
Mitsumewite Mitsumerarewishi Arijigoku

Aux pieds du Niō
À corps perdu se dépêche
Une petite chenille

全身で急ぐ毛虫や仁王像*
Zenshinde Isogukemushiya Niouzou

Dans une toile d'araignée
Voir accrocher les lignes des
Tours de Shinjuku

蜘蛛の囲の中の高層ビルの群
Kumonoino Nakanokousoubirunomure

Le séisme 3.11.2011
Scarabée-rhinocéros
Le bulldozer s'agite sur
Le tas de gravats

東日本大震災
兜虫瓦礫の山のブルドーザー

Higashinihondaishinsai
Kabutomushi Garekinoyamano Burudōzā

Au soleil couchant
Le rythme du Boléro
S'approche pas-à-pas

迫り来るボレロのリズム大西日
Semarikuru Boreronorizumu Oonishibi

La première aubergine
Un petit moment j'arrête
Les lames des ciseaux

初茄子一瞬止まる鋏の手
Hatsunasubi Isshuntomaru Hasaminote

Cet endroit-là est clair
Un chat trois couleurs joue dans
Le champ de sarriette

三毛猫のぽつと明るき紫蘇畑
Mikenekono Pottoakaruki Shisobatake

Comme si un gorille
Était assis sur le banc
En pleine canicule

大暑かなベンチにゴリラゐるごとし
Taishokana Benchinigorira Wirugotoshi

Le chœur des cigales
Les chants des cigales couvrent
Le chant d'une cigale

声が声ふさいでゐたる蟬時雨
Koegakoe Fusaidewitaru Semishigure

On sèche des Konbus
En entraînant les mers des
Temps préhistoriques

昆布＊干す太古の海を引き摺つて
Konbuhosu Taikonoumiwo Hikizutte

Automne

Points et chaînes du passé
On fait couler des lanternes
Sur la rivière

点の過去連なる過去や流燈会＊
Tennokako Tsuranarukakoya Ryuutoue

Sur le lait frémissant
Le chocolat se répand
Le typhon arrive

牛乳に広がるココア台風来
Gyuunyuuni Hirogarukokoa Taifuuku

Un　infini
Que　je　dessine　dans　le　ciel
La　fête　des　vieillards*

∞（無限大）を空に描きたる敬老日
Mugendaiwo Soranikakitaru Keiroubi

La lune est pleine
Je découpe un castella
À parts toutes égales

カステラ*を均等に切る良夜かな
Kasuterawo Kintounikiru Ryouyakana

Le cercle ou le carré
Finalement c'est le triangle
Au bout de l'été

○□果ては△九月去ぬ
<ruby>○<rt>まる</rt></ruby><ruby>□<rt>しかく</rt></ruby>果ては<ruby>△<rt>さんかく</rt></ruby>九月去ぬ
Marushikaku Hatehasankaku Kugatsuinu

Une étoile à
Mille millions d'années lumière
L'insecte cliquette

がちゃがちゃや二億光年先の星
Gachagachaya Niokukounen Sakinohoshi

Le bras de Rodin
Qui s'absorbe dans ses pensées
Est-ce une patate douce

考えるロダンの腕か甘藷
Kangaeru Rodannoudeka Satsumaimo

Regardez la pastèque
De tous sens et tous cotés
Ça reste une pastèque

裏表縦横上下西瓜かな
Uraomote Tateyokojouge Suikakana

Les roses de l'automne
Les passants s'en sont allés
Seules restent les traces

人去つて人の気配や秋薔薇
Hitosatte Hitonokehaiya Akisoubi

Le haut ciel d'automne
L'enfant prend le monocycle
Et donne la main

天高し手も漕いでをり一輪車
Tentakashi Temokoidewori Ichirinsha

Lever des haltères
La mante religieuse se hausse
Sur la pointe des pieds

ダンベルや蟷螂背伸びしてゐたり
Danberuya Tourousenobi Shitewitari

L'œil de la sauterelle
S'élargissant l'horizon
Aussi s'arrondit

蝗の目円く広がる地平線
Inagonome Marukuhirogaru Chiheisen

La matrice d'où
Naissent les êtres animés
Nuages cotonneux

生き物の生まれる形鰯雲*
Ikimonono Umarerukatachi Iwashigumo

L'azur automnal
Sous quelques ponts de la Seine
Nous passons le temps

橋いくつ潜つてセーヌ秋の空
 Hashiikutsu Kuguttesēnu Akinosora

Les pavés résistent
Mais jusqu'où peuvent-ils aller
L'automne à Prague

石畳どこまで続くプラハ秋
Ishidatami Dokomadetsuduku Purahaaki

Divisée en deux
Par les brumes de la rivière
La vieille ville à l'aube

川霧の古都を二手に分かちけり
Kawagirino Kotowofutateni Wakachikeri

Le Jour de la Culture
Nous allons à la rencontre
De l'orang-outang

文化の日＊オランウータンと向き合へる
Bunkanohi Oranūtanto Mukiaheru

Le rhinocéros
Marche les pieds en dedans
L'automne passera

内股の犀の前足冬隣

Uchimatano Sainomaeashi Fuyudonari

Hiver

Je marche sur les feuilles mortes
Ne reste après mon passage
Que les bruissements

落葉踏む後ろに音の残りけり
Ochibafumu Ushironiotono Nokorikeri

La tendresse au fond
Du regard de l'éléphant
C'est déjà l'hiver

象の目の奥の優しさ冬に入る
Zounomeno Okunoyasashisa Fuyuniiru

Mais ce qu'il fait bon
Le cheval crinière au vent
Tiède de Novembre

鬣や十一月の柔らかさ
Tategamiya Juuichigatsuno Yawarakasa

La rose hivernale
Au pied de laquelle j'allonge
Mon dos lentement

冬薔薇背中ゆつくり伸ばしけり
Fuyusoubi Senakayukkuri Nobashikeri

L'ombre de la croix
Trés étirée et tordue
Sur la pelouse morte

十字架の影の歪みや芝枯るる
Juujikano Kagenoyugamiya Shibakaruru

L'hiver est venu
Dans l'humus on peut trouver
Moult êtres vivants

腐葉土に生きるものあり冬来る
Fuyoudoni Ikirumonoari Fuyukitaru

La vieille mante
Se redresse dans la fraîcheur
Hume l'air du matin

枯蟷螂空気を縦に吸い込めり
Karetourou Kuukiwotateni Suikomeri

Des brocolis
Dans un bloc de brocolis
L'un l'autre blottis

ブロッコリーブロッコリーの固まつて
Burokkorī Burokkorīno Katamatte

Bel après-midi où
Je n'ai rien du tout à faire
Papillon d'hiver

何もしない晴れた日の午後冬の蝶
Nanimoshinai Haretahinogogo Fuyunochou

Je fais sécher du radis
La nuit même où est tombée
La poussiére d'étoiles

大根干す＊宇宙の塵の落ちる夜
Daikonhosu Uchuunochirino Ochiruyoru

À la même place
L'éléphant passe et repasse
Cette année se passe

ひとつ所象の足踏み年歩む
Hitotsutokoro Zounoashibumi Toshiayumu

Au nouvel an
Une nouvelle île apparait
Au large de Tokyo

東京に新島*生まれお正月
Toukyouni Shintouumare Oshougatsu

Les goélands d'hiver
Les nuages de Delacroix
Tout noirs se rapprochent

ドラクロアの雲が来寄るぞ冬鴎
Dorakuroano Kumogakiyoruzo Fuyukamome

Le négoce y est dur
Et le froid y est glacial
Marché aux poissons

底冷えの声のとがるや魚市場
Sokobieno Koenotogaruya Uoichiba

Dans la terre gelée
Le scintillement enfermé
De milliers d'étoiles

きらきらと星を閉じ込め土凍てる
Kirakirato Hoshiwotojikome Tsuchiiteru

La terre verglacée
Le ventre du petit chien
Est d'une telle douceur

土凍てて子犬の腹の柔らかき
Tsuchiitete Koinunoharano Yawarakaki

Ce chapeau de fourrure dont
Le blanc vous va à ravir
L'hiver à Paris

冬帽子パリには白がよく似合ふ
Fuyuboushi Parinihashiroga Yokuniafu

De longs en larges
L'atmosphère atmosphères
Ah oui Décembre

横の空気縦の空気や十二月
Yokonokuuki Tatenokuukiya Juunigatsu

Notes

16. Nehandera : Le jour où Bouddha est entré au Nirvana.

19. Hina matsuri, le 3 mars, est un jour férié en l'honneur des filles. Les poupées *Hinas* y sont présentées sur une estrade dans les maisons.

34. Zairaisen sont les vieilles lignes de chemin de fer, datant d'avant le shinkansen et où les trains prennent leur temps pour rouler.

40. En Chine, le dragon, personnage divin légendaire, s'élève dans le ciel le 20 mars, apportant leur vigueur aux êtres vivants. C'est le *Ryuuten*.

47. Il s'agit de la garde royale à Londres.

50. Shokupan est du pain de mie. Les formes enflées sur le dessus du pain font penser à des montagnes.

52. Koromogae : lorsque l'été est sur le point d'arriver, début Juin, les lycéens laissent leurs vêtements d'hiver dans l'armoire pour passer l'uniforme d'été, plus léger et plus adapté à la chaleur. (Policiers, salary men et toute personne portant un uniforme fait de même.)

54. *Fuuhari* : onomatopée désignant par exemple les flottements légers de la poussière dans l'air.

59. Kuroyondamu : il s'agit du quatrième barrage de Kurobé sur la rivière éponyme, dans les montagnes difficiles d'accès de la préfecture de Toyama.

61. Le bakusho est la pratique qui consiste à sortir les vieux documents en papier de leur réserve pour les

aérer et les sécher dehors. Evitant la lumière directe du soleil, ils sont débarrasser de leur humidité et des éventuels insectes menaçant leur conservation.

65. Les Niōs sont les deux statues gardant l'entrée des temples Bouddhiques.

73. Les Konbus sont de très longues algues comestibles qu'on fait sécher pour les conserver.

77. Le Ryuutoue est une cérémonie où des lanternes sont mises à flotter la nuit sur une rivière en hommage aux défunts.

79. Le Japon honore ses anciens par un jour férié le 15 Septembre.

80. Gateaux éponge d'origine Portugaise et spécialité de Nagasaki.

89. Iwashigumo, littéralement « nuages sardines » sont des cirrocumulus.

93. Fête et jour férié, le 3 Novembre, où on pense et rend hommage à la culture sous toutes ses formes.

106. On fait sécher les radis pour ensuite les conserver dans de la saumure.

108. Une nouvelle île volcanique est apparue près de l'île de Nishinoshima début 2014. Elles ont depuis fusionné.

Écrire des HAIKUS en français

À la suite des innovations entamées par Shiki Masaoka à la fin du 19ᵉ siècle, de nombreux poètes ont poursuivis des recherches sur ce que doit être le haïku et ont fait de riches découvertes de toutes sortes. Ces nombreuses expérimentations se sont poursuivies jusqu'à aujourd'hui. Mon projet de recueil bilingue de haïkus japonais/français n'est qu'une pierre de plus apportée à cet édifice.

D'ailleurs, en se fondant ici sur l'histoire déjà longue et nombreuse des innovations du haïku, comment écrire un haïku en français amène aussi à se poser une question fondamentale : « qu'est-ce que le haïku ? »

Je voudrais commencer par expliquer les principes des haïkus (俳句).

La prémisse majeure du haïku est le cinq-sept-cinq (en tout dix-sept) syllabes. Comme l'alexandrin est un vers composé de douze syllabes, le haïku est composé d'une phrase de dix-sept syllabes. Cependant, on ne peut dire que le haïku n'est simplement qu'un poème court. Avoir 17 syllabes n'est qu'un prérequis. L'art d'ordonner les 5, 7, puis 5 syllabes du haïku est à la source de sa profondeur et de sa mélodie.

Pour faire un haïku, il faut que nous nous tenions deux promesses.

La première est le "*kire* (切れ)", ou le "*kireji* (切れ字)".

Le *kire* est une section opérée sans ponctuation. Nous devons diviser en sections sans utiliser de points ni de virgules. Les sections d'un haïku sont délimitées à l'aide d'un *kireji* ou d'un nom. Un *kireji* est par exemple un mot comme "*ya*", "*kana*", etc.

D'habitude le haïku s'écrit verticalement de haut en bas. Le *kire* interrompt le cours des dix-sept syllabes lorsque nous parcourons la ligne en lisant. Dans un haïku, il faut que les cinq premières syllabes (*kami-go*) et les sept syllabes suivantes (*naka-shichi*), ou les sept syllabes du milieu (*naka-shichi*) et les cinq dernières syllabes (*za-go*), ou encore l'ensemble des dix-sept syllabes aient un rapport sémantique. Mais il faut noter qu'il n'y a qu'un seul *kire*, séparant donc le haïku en deux parties de douze et cinq, de cinq et douze, ou en une partie de dix-sept sons.

Le français étant à écriture horizontale, pour composer des haïkus en français, j'encourage donc, plutôt que la ponctuation, la division en trois vers de 5, 7, et 5 syllabes respectivement. Si nous assignons la fonction de *kire* à un mot français, il devient une division qui coupe le sens de la phrase. Il faut donc séparer le haïku français en deux parties, associant les 1er et 2e vers, ou les 2e et 3e vers, ou encore en un ensemble regroupant les 3 vers. Ce principe est des plus importants pour composer des haïkus, en français aussi.

Le vide créé par la section du *kire* éveille en nous des résonances profondes. Pour le haïku, il faut que nous élaguions les mots jusqu'à la limite, et plus, que nous taillons jusque dans la logique. Par la puissance du *kire*, les mots s'attirent et se repoussent mutuellement, suggérant des atmosphères diverses et uniques. Le monde des haïkus est ainsi plus profond que le monde réel.

Monsieur Shigehiko Toyama, un célèbre critique littéraire disait : « C'est le haïku qui envisage toutes les possibilités de la poésie courte. On peut penser que l'art n'est pas que la pure copie d'un objet, de la nature. Si on pense que l'art en est aussi une représentation symbolique, par ses vers extrêmement courts, poursuivant toutes les possibilités de la poésie pure, les expressions surpassant la logique des haïkus atteignent les plus hauts niveaux de l'expression artistique. » (Shigehiko Toyama, "*haiku no shigaku* 俳句の詩学").

La deuxième promesse à tenir est celle de l'utilisation d'un "*kigo*(季語)".

Le *kigo* est un nom faisant référence à la saison, l'astronomie, la géographie, la vie, les fêtes, les animaux, les plantes etc. Chaque *kigo* est murît par le passage d'une histoire millénaire et d'une longue culture. Il en gagne diverses interprétation et évocations.

Chargé d'émotion, le *kigo* reflète le passage du temps. Evoqué, c'est un mot très émotionnel. Il porte le présent et le passé en lui. Il sert d'intermédiaire et de catalyseur entre les mots. C'est le moyen d'exprimer symboliquement le cœur et la subjectivité de l'auteur.

Je m'attends donc à ce que les auteurs francophones composent des *kigo* destinés à un public de culture francophone, basés sur une culture riche et qui leur est propre.

Comme je viens de l'expliquer, il faut prendre la question de ce qu'est un haïku en considération lors de la composition d'un haïku en français, à savoir le cinq-sept-cinq syllabes, le *kire* et le *kigo*, les deux promesses à tenir pour faire un haïku.

Un autre point très important pour nous auteurs de haïkus est le salon de haïkus, ou "*kukai*(句会)". On dit que le haïku est de la littérature de salon "*za*(座)". C'est par le salon qu'un haïku peut prétendre au statut d'œuvre littéraire.

Un *kukai* rassemble un superviseur et d'autres auteurs de haïkus. Les haïkus de chacun sont recueuillis et appréciés mutuellement. Comment ses propres haïkus y sont reçus est très important.

C'est ce que l'on appelle le « *senku*(選句, sélection) et *senpyou*(選評, compte-rendu du jury) ». Les participants choisissent parmi toutes les œuvres proposées un nombre prédéterminé de haïkus qu'ils jugent dignes d'intérêt. Les haïkus bénéficient ainsi du jugement d'autres personnes, ou « *yomite*(読み手) »,

que leur auteur. Cette sélection des haïkus par les *yomite* est un rôle des plus importants de la *kukai* pour qu'un poème devienne une œuvre littéraire. Il serait important de suivre un procédé similaire pour faire des haïkus en français aussi des œuvres littéraires.

フランス語でHAIKUを

　19世紀末の正岡子規による俳句の革新に続き、多くの先人が俳句の在り方を研究し、その改革を進めてきた。そして、その試みは、今日も続いている。日本語とフランス語で俳句を作る私の取組みも、そうした試みの一石に他ならない。ところで、こうした俳句改革の歴史や経緯を踏まえたうえで、フランス語でHAIKU（俳句）を作るにあたり考慮すべき基本的なこと「俳句とは何か」を述べたい。
　まず、俳句が俳句であるためには、5・7・5の17音節（シラブル）で作られなければならない。アレクサンドランが12音節で成り立つように、俳句は17音節で成り立つ。従って、単に短い詩ということだけをもって、俳句であるということにはならない。俳句であるための前提条件は、5・7・5の17音節であり、作品を5・7・5の17音節に整えることによって、芸術としての

奥深さが生まれる。また、俳句は朗誦の芸術であり、5・7・5の調べが大切である。

　加えるに、俳句には約束事が2つある。

　1つは、作品に「切れ（もしくは切れ字）」を入れることである。つまり、句読点を用いずに区切りをつける。俳句は、それを切れ字や体言でもって行なう。俳句は、一行縦書きであるため、切れが上からの読み下しの流れを切ることになる。また、俳句は三段切れを防ぐといって、初めの5音節（上五）と次の7音節（中七）、7音節（中七）と後の5音節（座五）、もしくは17音節すべてが、内容において関連していなければならない。つまり、5・7・5の音節の文意がそれぞれ別個のものではなく、12・5、5・12もしくは17の括りで成り立つ。

　一方、フランス語で俳句を作る場合は、句読点を用いずに5・7・5の三行分かち書きにするため、そのままでは行ごとに切れが生じてしまう。また、切れの役割をフランス語の語彙に求めたとしても、横書きであるために、それは切れというよりも区切りになって、文意に途切れが生じる。三段切れを防ぐことは、三行分かち書きで作るフランス語俳句にとっても大切なことである。フランス語の場合は、1行目と2行目、2行目と3行目、もしくは1・2・3行目のすべてが、内容において関連し、1・2行と3行、1行と2・3行、もしくは1・2・3行の括りで成り立つことになる。

　また、切れは、断切による空白であり、余韻を広げ深める効果を持つ。俳句は、極限まで言葉を削ぎ落とし、時には論理をも削り落とす。そうした中で、切れの力によって、互いの言葉が引き合い、撥ね合うことで、独特の情感が作り出される。俳句の芸術性について、外山滋比古氏

は、「短詩の可能性を極限まで追求したのが俳句であり、芸術が、対象、自然の単なる模写ではなくて、象徴にあると考えるならば、極端に小さな詩形でもって、詩的なものの可能性を追求する俳句の超論理的表現は、極めて高度な芸術性を主張できる。」（外山滋比古著『俳句の詩学』より）と述べている。私も氏の考えに全く同感である。

　２つ目は、作品に「季語」を入れることである。季語は、時候、天文、地理、生活、行事、動物、植物などに係る言葉で、それを固有名詞的に使うことである。また、季語は、長い歴史と文化の中で熟成され、それ自身が、連想豊かで高い情緒性を持った言葉である。

　しかも、季語は、時間的な要素（過去と現在）を反映し、言葉と言葉の仲立ちや触媒の働きをし、作者の心情や主観を象徴的に表現する手段ともなる。こうした季語の特性を考えると、フランス語圏でも、それぞれの土地に根ざした季語が作り出され、季語として認知されていくことが、俳句を作っていく上で欠かすことのできないこととなろう。

　以上が、フランス語でHAIKU（俳句）を作るにあたり考慮すべき「俳句とは何か」である。それは、俳句の前提条件としての５・７・５の17音節であり、切れと季語の２つの約束事である。

　最後に、俳句を作る過程における「句会」の役割について触れる。俳句は座の文学といわれる。座つまり句会は、作った句を持ち寄って評価し合う場である。そこでは、作られた句が出席者（読者）の目に晒され、評価し合う作業（選句・選評）が行なわれる。そのために、句会は、作句力と選句力を磨き合う場であって、俳句が作品となっていく過程での重要な役割を果たしている。句会は、フランス語で俳句を作る際にも重要な役割を果たす。

Postface

Pour rendre le monde des mots plus beau que le monde réel, cela fait vingt ans que j'écris des haïkus. Il y a trois ans, j'ai publié un recueil de poèmes, "Kuuki(空気)".

"Kuuki" se compose de 354 haïkus, parmi lesquels j'en ai choisi 99 pour les traduire en français. Le but de ce livre est de faire apprécier "Kuuki" et les haïkus contemporains à un public francophone. D'ailleurs, je voudrais espérer que ce livre inspire de futurs auteurs à s'essayer à écrire des haïkus en français.

Je les ai d'abord traduit moi-même du japonais au français. Lors de la traduction, j'ai porté une attention particulière à exprimer correctement l'émotion et l'environnement tels que je les ressentais en écrivant le poème japonais. J'ai fait en sorte de ne pas transposer mots-à-mots, mais j'ai composé à nouveau un haïku en français, exprimant la même émotion et le même environnement que l'original japonais.

J'ai fait appel à l'aimable concours de Monsieur Romuald Mangeol. Il a vérifié ces haïkus du point de vue de l'heureuse expression française, et il les a adaptés pour se conformer aux exigences des vers de cinq-sept-cinq (dix-sept) syllabes.

Pour finir je me suis bien amusé à ce travail en commun avec le jeune Romuald Mangeol. Il y a certes eu des moments difficiles, mais satisfaisant ma curiosité intellectuelle, en passant au français, j'ai découvert un nouveau monde du haïku.

Je ne remercierai jamais assez Monsieur Alain Kervern pour l'immense honneur qu'il m'a fait à accepter de préfacer ce livre. Il a relis mon manuscrit et m'a surpris par la précision de ses commentaires sur mes haïkus et les haïkus que je cherche à écrire.

Décembre 2016   Yasushi Nozu

あとがき

「生きている世界よりも言葉にした世界の方が美しい」ことがある。そうした言葉の世界を目指し俳句の創作を始めて20年、その間の354句を句集『空気』として3年前に纏めた。そして、その中の99句をフランス語にしたのが本書である。

　本書の目的は、フランス語圏の方に『空気』の句を鑑賞してもらい、日本の現代俳句の一端に触れてもらうことである。また、本書がフランス語圏の多くの方にとって、HAIKU（俳句）を作る契機となり、その際の参考になればと考えた。

　句をフランス語にするにあたり重視したことは、句を作った時の感動や句の背景にあるものが、的確に表現されているかどうかである。つまり、日本語からフランス語への単なる言葉の置き換えではなく、感動や句の背景にあるものに沿ったフランス語による新たな作品の創作を目指した。その過程で、Romuald Mangeol 氏からは、フランス語の表現と5・7・5の17音節の観点からのチェックを加えてもらった。若い Romuald Mangeol 氏との協同作業は、私にとって知的好奇心を燃やしながらの格闘ともいえる時間であったが、フランス語にすることで見えてきた新たな俳句の世界もあった。

　Alain Kervern 氏からの紹介文の原稿を拝読し、私の俳句や私の目指す俳句に対する鋭い見解に驚きました。過分な紹介文をいただき感謝しております。

　　　　　　　　　　　　　　　　　　　　2016年12月　　　野 頭 泰 史

Curriculum vitæ

Yasushi Nozu

1948	Né à Kanagawa-Ken Japon
1967–1971	Université de Waseda, Faculté des Politiques Èconomiques
2000	Membre de " 貂（Ten)"

Recueil de poèmes "Kuuki(空気)" (2014),
Membre du "Public-interest Incorporated Association of Haiku Poets"

Romuald Mangeol

1982	Né à Épinal dans les Vosges France
2002–2005	École Centrale de Nantes
2005	Programme d'e'change à l'université de Keio
2011〜	S'installe au Japon

Alain Kervern

Né en 1945 au Viêt-Nam, Alain Kervern fut longtemps enseignant de japonais à l'Université de Bretagne Occidentale à Brest (Bretagne, en France). Il a écrit de nombreux ouvrages sur le haïku, notamment deux essais sur ce genre «Malgré le givre» (Folle Avoine, 1987) et «la Cloche de Gion» (Folle Avoine, 2016), ainsi qu'une traduction des 5 tomes du *Grand Almanach Poétique du Japon* («Matin de neige», 1990; «Le réveil de la loutre», 1992; «La tisserande et le Bouvier», 1992; «A l'ouest blanchit la lune», 1994; «Le vent du nord», 1994, aux Editions Folle Avoine). Il a publié une étude sur le poète Bashô : «Bashô et le haïku» (Bertrand Lacoste, 1995), la traduction d'une méthode pédagogique du haïku écrite par Kunio Fujii : «Koroll an haïku», (en breton), puis en français : «La ronde des haïkus» (Editions UBAPAR-La Part Commune 2004), et la traduction d'un essai du peintre Yasse Tabuchi sur la création artistique : «Ce grand vide lumineux» (La Part Commune 2006). Il a aussi participé à quelques recueils collectifs de poésie : «Comment imaginer un temps sans océan ? » (Folle Avoine, 1999); «Tro Breizh, en notre faim, notre commencement» (Skol Vreizh 2000). Il a également publié un essai sur le haïku international intitulé : «Pourquoi les non Japonais écrivent-ils des haïkus ? » (La Part Commune, 2010), et il vient d'éditer un almanach poétique (*saïjiki*) traduit du japonais à propos des mots clés des cinq saisons intitulé «Haïkus des cinq saisons (*gokinari haïku*)» aux éditions Géorama (2014).

En retraite depuis 2006, il anime par ailleurs des «chasses aux haïkus» dans un esprit d'éducation populaire sur la pédagogie du haïku.

略歴

野頭泰史 (のず やすし)

1948年　神奈川県生まれ
1971年　早稲田大学第一政治経済学部卒業
2000年　「貂」同人
句集に『空気』(2014年)
俳人協会会員

ロミュアルド・マンジョール

1982年　　　　エピナル（ヴォージュ、フランス）生まれ
2002－2005年　エコル・セントラル・ド・ナント
2005年　　　　慶應大学に短期留学
2011年より　　日本に在住

アラン・ケルヴェルン

1945年ベトナム生まれ。
西ブルタニー大学（ブレスト、フランス）で日本語教授として長年教鞭を執る。
俳句に関する主な著書として、エッセー「Malgré le givre」1987年と「Cloche de Gion」2016年、「日本大歳時記全 5 巻 (Grand Almanach Poétique du Japon)」1990年、芭蕉に関する研究書「芭蕉と俳句（Bashô et le haïku）」1995年他がある。
また、国際的な俳句に関するエッセーとして、「なぜ日本人の他は俳句を書かないか（Pourquoi les non Japonais écrivent-ils des haïku ?）」2010年、五季のキーワードを提案した日本書籍を翻訳し「歳時記（Haïkus des cinq saisons (*gokinari haïku*))」2014年を出版する。
2006年に退職し、俳句の指導法について、分かりやすい方法の観点から「俳句の渉猟」を指導している。

Atmosphère 空気

2016年12月23日 初版発行

著者
野頭泰史

発行者
中田典昭

発行所
東京図書出版

発売元
株式会社 リフレ出版
〒113-0021 東京都文京区本駒込3-10-4
電話 (03)3823-9171 FAX 0120-41-8080

印刷
株式会社 ブレイン

© Yasushi Nozu
ISBN978-4-86641-020-3 C0092
Printed in Japan 2016

落丁・乱丁はお取替えいたします。

ご意見、ご感想をお寄せ下さい。

[宛先] 〒113-0021 東京都文京区本駒込3-10-4
東京図書出版